Fiacla Mhamó

BRIANÓG BRADY DAWSON

Léaráidí le Michael Connor

THE O'BRIEN PRESS
DUBLIN

An chéad chló 2001 ag The O'Brien Press Ltd,
12 Bóthar Thír an Iúir Thoir, Ráth Garbh, Baile Átha Cliath 6, Éire.
Fón: +353 1 4923333; Facs: +353 1 4922777
Ríomhphost: books@obrien.ie; Suíomh gréasáin: www.obrien.ie
Athchló 2003, 2004, 2007, 2009, 2011, 2016.

ISBN: 978-0-86278-741-7

7 9 10 8
16 18 19 17

Faigheann The O'Brien Press cabhair
ó Bhord na Leabhar Gaeilge

Eagarthóir: Daire Mac Pháidín
Dearadh leabhair: The O'Brien Press
Clódóireacht: CPI Group (UK) Ltd

Faigheann The O'Brien Press cabhair ó An Chomhairle Ealaíon

Bhí Danny ar bís.
A bhreithlá a bhí ann
agus bhí a Mhamó
ag teacht ar cuairt.
Bhí sí ag fanacht
ar feadh cúpla lá.

Ghlan sé a sheomra codlata.
Chuir sé a liathróid shalach
i bhfolach faoina leaba.
Ansin d'fhan sé
ag an bhfuinneog
ag fanacht lena Mhamó.

'Tá sí tagtha!'

a bhéic Danny.

Rith sé síos an staighre

ar nós na gaoithe.

Ba bheag nár sheas sé

ar a dheirfiúr bheag Síle.

Rug Mamó barróg mhór air.
Bhí sí an-láidir ar fad.

'Beidh cóisir mhór againn
amárach do do bhreithlá,'
arsa Mamó.

'**Go hiontach**!' arsa Danny.

'Is breá liom cóisirí.'

Bhí Danny ar bís.

An oíche sin, thug Mamó
beagán airgid do Danny.
'Go raibh maith agat
as do sheomra
a ghlanadh dom,'
ar sise leis.

'An féidir liom aon rud eile
a dhéanamh duit?'
a d'iarr Danny uirthi
go milis.

'Faigh gloine uisce
do mo chuid fiacla, a stór,'
arsa Mamó leis.

Bhí iontas ar Danny.

Nuair a fuair Danny an ghloine
uisce do Mhamó,
d'oscail sí a béal agus
**thóg sí
a cuid fiacla amach**!

'A thiarcais!' arsa Danny.

D'fhág Mamó an ghloine
ar an tseilf sa seomra folctha
agus chuaigh sí a chodladh.

D'fhéach Danny
ar fhiacla Mhamó
arís is arís eile.
Cheap Danny go raibh siad
ag caint leis.

An chéad mhaidin eile
bhí Danny sa seomra folctha.
Bhí fiacla Mhamó
sa ghloine go fóill.

'Maidin mhaith,'
arsa Danny leis na fiacla.

Bhí Mamaí agus Daidí
sa chistin.
Bhí Síle ag súgradh
ar an urlár.
Bhí Mamó fós ina codladh.

Dhún Danny doras
an tseomra folctha.

Chuir sé a lámh
isteach sa ghloine.

Thóg sé fiacla Mhamó amach.
Bhí siad fliuch agus sleamhain.

Chuir Danny na fiacla
isteach ina bhéal.
'**Soit**!' arsa Danny.
Bhí blas uafásach orthu.

Nigh Danny na fiacla
agus chuir sé
isteach ina bhéal arís iad.

Rinne sé meangadh mór gáire
sa scáthán.

Bhí smaoineamh iontach
ag Danny.

'Tabharfaidh mé na fiacla
ar scoil liom.
Beidh an-spórt agam leo.
Ní bheidh siad
ag teastáil ó Mhamó.'

Thriomaigh Danny na fiacla.
Chaith sé an tuáille
ar an urlár.

Chuir sé na fiacla
isteach ina phóca.

Rith sé amach
as an seomra folctha.

Rug sé ar a mhála scoile agus
rith sé síos an staighre.

'Bí cúramach!'
a dúirt Mamaí leis.
Bhí bricfeasta Mhamó
ar an tráidire aici.
Thit an ubh ar cheann Shíle.

'**Danny**!' a bhéic a Mhamaí.
'Slán agat,' arsa Danny,
agus rith sé
amach an geata.

Bhí go leor páistí sa chlós
nuair a shiúil Danny
isteach ann.
'Féach cad atá agam,'
arsa Danny lena chairde
Marc agus Daire.

Bhrúigh Marc fiacla Mhamó
isteach ina bhéal.
'Is mise Mamó Danny,'
arsa Marc.
Bhí sé an-ghreannmhar.
Thosaigh na páistí ag gáire.

Chuir Danny na fiacla
isteach ina bhéal arís.
Bhéic sé le buachaill beag.
Bhí an-eagla ar an
mbuachaill beag.

'Tabhair domsa iad,'
a bhéic Daire.
Chaith Danny na fiacla chuige.

Bhrúigh Daire fiacla Mhamó
isteach ina bhéal.
'Féach orm! Is coinín mór mé,'
arsa Daire.

Thosaigh na buachaillí ar fad
ag gáire.
Bhí Danny an-sásta
gur thug sé fiacla Mhamó
ar scoil leis.

'An féidir liom iad a thriail?'
a d'iarr Colm Ó Sé air.
'Ní féidir,' arsa Danny.
'Ní cara de mo chuid tú.'

Chuala na páistí
an clog ag bualadh
agus isteach
sa seomra ranga leo.

Ach ní raibh Danny ábalta
fiacla Mhamó a fháil
in aon áit.

'Cá bhfuil fiacla Mhamó?'
a bhéic sé.
'Cé aige a bhfuil siad?'

'Ciúnas!' arsa an múinteoir.

Bhí Danny buartha.
Bhí air fiacla Mhamó
a fháil ar ais.

Chonaic Danny
Colm Ó Sé agus
a chara Tomás
ag gáire.

Chaith Colm na fiacla
chuig Tomás
ach thit siad ar an urlár.

'Cad atá ar siúl ansin?'
a d'iarr an múinteoir.
'Ciúnas anois, le bhur dtoil.'
Chas sí ar an gclár dubh arís.

Tharraing Tomás cic
ar na fiacla.

Shleamhnaigh Colm
faoina bhord.
Chuir sé fiacla Mhamó
isteach ina bhéal.
Rinne sé meangadh mór.
Thosaigh Tomás
ag gáire freisin.

Ach ní raibh Danny ag gáire.
Bhí eagla air
go bhfeicfeadh an múinteoir
na fiacla.

Tharraing Marc na fiacla
ó Cholm agus
chaith sé ar ais
chuig Danny iad.

Ach chonaic Danny
an múinteoir ag féachaint air.
Chaith sé na fiacla ar ais
go han-tapa.

Amach an fhuinneog
leis na fiacla.
Thit siad isteach
i lochán mór uisce sa chlós.
Thosaigh na buachaillí ar fad
ag gáire.

45

Bhí fearg ar an múinteoir.
Chuaigh sí amach sa chlós
agus fuair sí na fiacla.
'Tá tú i dtrioblóid, Danny,'
a dúirt sí.
'Tá na fiacla seo **briste**.'

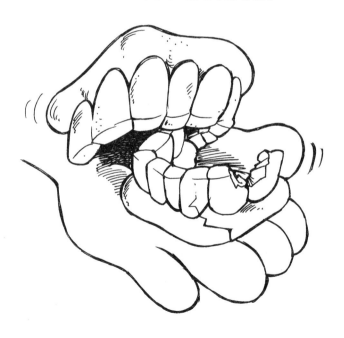

Níor oscail Danny a bhéal.
Chuir sé na fiacla
isteach ina phóca.

Nuair a bhí Danny
ag siúl abhaile,
thosaigh sé ag smaoineamh
ar a chóisir.

'Beidh borgaire agus
sceallóga agam,'
a dúirt sé leis féin.
'Beidh siad go hálainn.'

Bhí Mamó ina suí sa chistin.

Bhí a béal dúnta aici.

Bhí cuma **an-chrosta** uirthi.

Ní raibh fiacla ar bith aici.

51

Shleamhnaigh Danny
suas an staighre.
Chuaigh sé isteach
sa seomra folctha.
Chuir sé fiacla Mhamó
ar ais sa ghloine.

Chuala Danny duine éigin
ag teacht isteach
sa seomra folctha.

Mamaí a bhí ann.

Bhí sí **an-fheargach**.

'Cathain a bheidh
mo chóisir agam?'
a d'iarr Danny uirthi.

Thóg Mamaí
fiacla Mhamó
amach as an ngloine.

'Cóisir!' arsa Mamaí.

'Is féidir leat
dearmad a dhéanamh
ar do chóisir.
Féach! Tá fiacla Mhamó briste.
Ní bheidh sí ábalta
aon rud a ithe.'

'Beidh ar Mhamó
prátaí brúite a ithe –
cosúil le Síle.
Agus beidh ort
iad a ithe freisin.'

Shuigh Danny ag an mbord.

D'fhéach sé ar na prátaí brúite.

'Is fuath liom

prátaí brúite,'

arsa Danny.

'Ní dhéanfaidh mé
rud mar seo arís!
Ní dhéanfaidh! Ní dhéanfaidh!
Ní dhéanfaidh!'

Ach ceapaim go ndéanfaidh.

Cad a cheapann tusa?